La famille Poucevert

Texte :
Pierrette Dubé

Illustrations :
Estelle Bachelard

Dominique et compagnie

La maison de la famille Poucevert
est couverte de lierre et dissimulée
derrière de hautes haies fleuries.

Inutile de sonner à la porte d'entrée.
Il vaut mieux emprunter un petit sentier
qui contourne la maison.

La famille Poucevert a presque toujours…

le nez
dans son jardin !

Les parents, Narcisse et Jacinthe Poucevert, sont horticulteurs.
Ils cultivent toutes sortes de fleurs:
pivoines, bégonias, dahlias, pétunias…

Mais leur spécialité, ce sont les rosiers.
Ils créent sans cesse de nouvelles variétés.
Les clients du monde entier s'arrachent
les roses Poucevert!

Jasmin, l'aîné, manie déjà la pioche
et la binette. Pour l'instant,
la petite Violette aime surtout
les promenades en brouette.

Ce matin, Narcisse et Jacinthe
Poucevert sont particulièrement
fiers de leur nouvelle création :
un magnifique rosier
aux fleurs orangées.

Chose étrange, le chien,
Monsieur Florentin,
tourne autour de l'arbuste
en agitant la queue.

– Qu'est-ce qu'il a,
ce chien ? demande
Jacinthe Poucevert.

Une heure plus tard, tous les chiens
du quartier ont envahi le jardin
et se bousculent autour du nouveau rosier.

Ils sautent, secouent la queue, jappent,
lèchent les feuilles de l'arbuste.
Ils vont même jusqu'à mordre les épines.

Aïe, ça fait mal

Le pire, c'est que toutes les plates-bandes
sont piétinées. Jacinthe Poucevert
est complètement affolée!

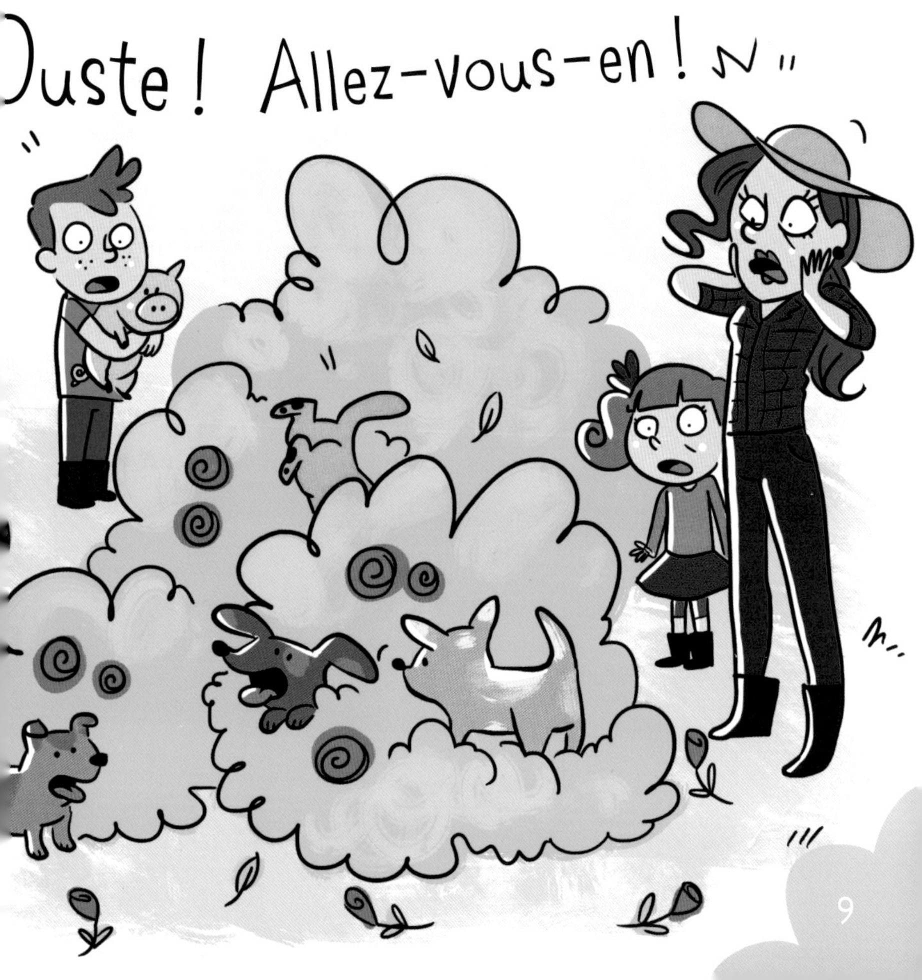
« Ouste ! Allez-vous-en ! »

Le calme enfin revenu, Jacinthe Poucevert
considère une nouvelle fois son rosier.
Même avec quelques tiges cassées,
il est encore le plus beau du quartier!
Elle cueille les plus jolies fleurs et
les apporte à sa bonne amie la fleuriste.

Mais Anémone Finmuseau fait la grimace
en respirant le bouquet.

— Ma parole, ces roses sentent le poulet rôti!
s'exclame-t-elle. Désolée, je ne peux pas
les prendre. Aucun client n'en voudra.

De retour à la maison,
Jacinthe Poucevert raconte
sa mésaventure à son mari.

– Le poulet rôti?
Pas étonnant que
ce rosier attire autant
les chiens! J'ai dû faire
une erreur au moment
de l'hybridation,
se désole Narcisse
Poucevert.

-J'ai une idée, lance Jacinthe Poucevert. Allons vendre les fleurs au marché. En plein air, leur parfum va se dissiper.

13

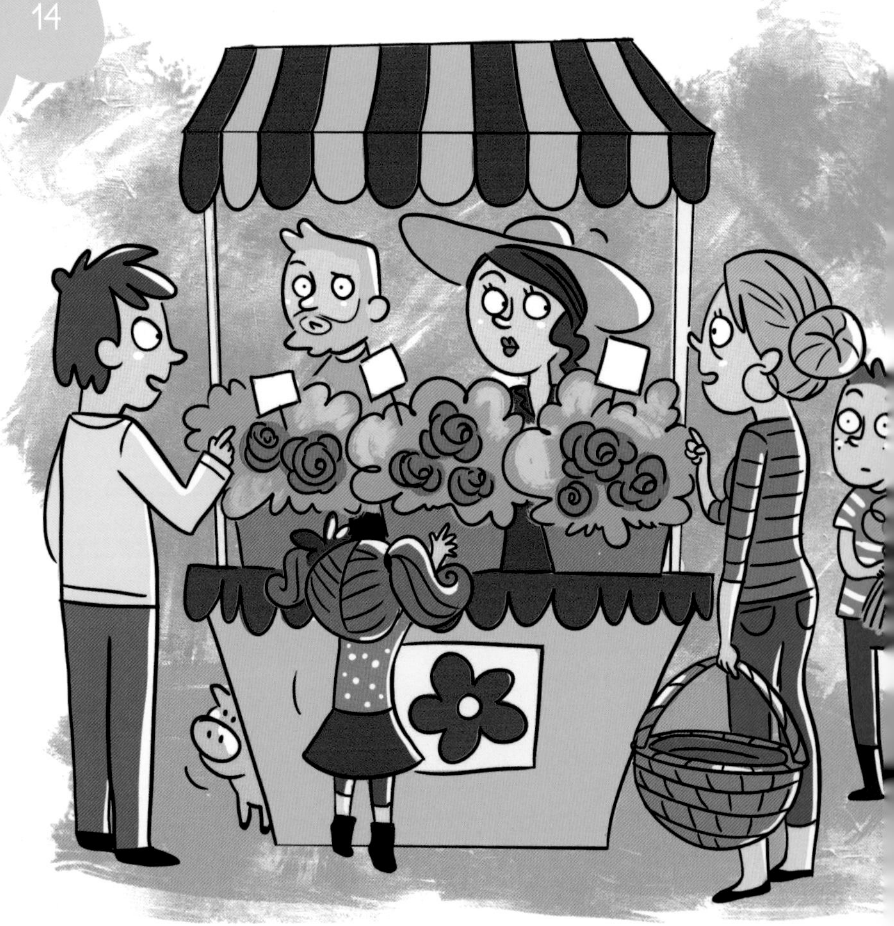

Au marché, le kiosque à fleurs
des Poucevert attire des clients affamés.

– Je vais prendre une bonne assiette
de poulet rôti avec des frites, disent-ils tous.

– Vous voyez bien que nous ne vendons
pas de nourriture. Nous vendons des fleurs!
proteste Jasmin.

– Excusez-nous, nous avions cru…
à cause de l'odeur.

– Décidément, l'arôme de ce rosier est trop bizarre, conclut Narcisse Poucevert.

Mais alors qu'il s'apprête à déterrer le rosier,
une foule de journalistes, de caméramans,
de photographes et de curieux envahit
leur jardin. Ils ont appris l'existence
de l'arbuste à l'odeur
de poulet rôti par
les clients du marché.

n veut voir
le rosier !

De nouveau, les plates-bandes sont piétinées. Il va falloir encore tout nettoyer! Jacinthe Poucevert est désespérée.

Attention
où vous
mettez
les pieds !

19

Le ménage à peine terminé, la famille Poucevert reçoit la visite du plus grand spécialiste des rosiers, le professeur Philémon Lépine.

Il a appris l'existence du singulier arbrisseau au journal télévisé.

– Ne le coupez surtout PAS ! clame le professeur. Je voudrais analyser quelques fleurs pour découvrir d'où vient son odeur.

Argh ! Grrrrrr

Dans son laboratoire, le professeur Lépine
examine les fleurs au microscope.
Il effectue plusieurs expériences
très compliquées.

Après des jours et des nuits de travail,
Philémon Lépine finit par s'énerver:

– Mille millions de pucerons !
Je n'y comprends rien !

23

Cette fois, l'heure de l'étrange rosier a bel et bien sonné. Fatigués, irrités et déprimés, les Poucevert et le professeur Lépine décident d'en finir avec l'arbuste. Ils vont chercher des outils pour le supprimer.

Mais après quelques coups de pelle, ils font une découverte renversante.

– Eurêka! On a trouvé le pot aux roses! s'exclament-ils en chœur.

Au fond du trou reposent une dizaine de… cuisses de poulet rôti!

Violette

En apercevant leur mine ahurie,
Violette rosit, puis devient rouge
comme un géranium!

Interrogée, la fillette avoue
qu'elle déteste les cuisses de poulet.

Chaque fois qu'il y en a au repas,
elle les glisse discrètement dans sa serviette
de table. Puis, elle les enterre à côté
du rosier pour s'en débarrasser!

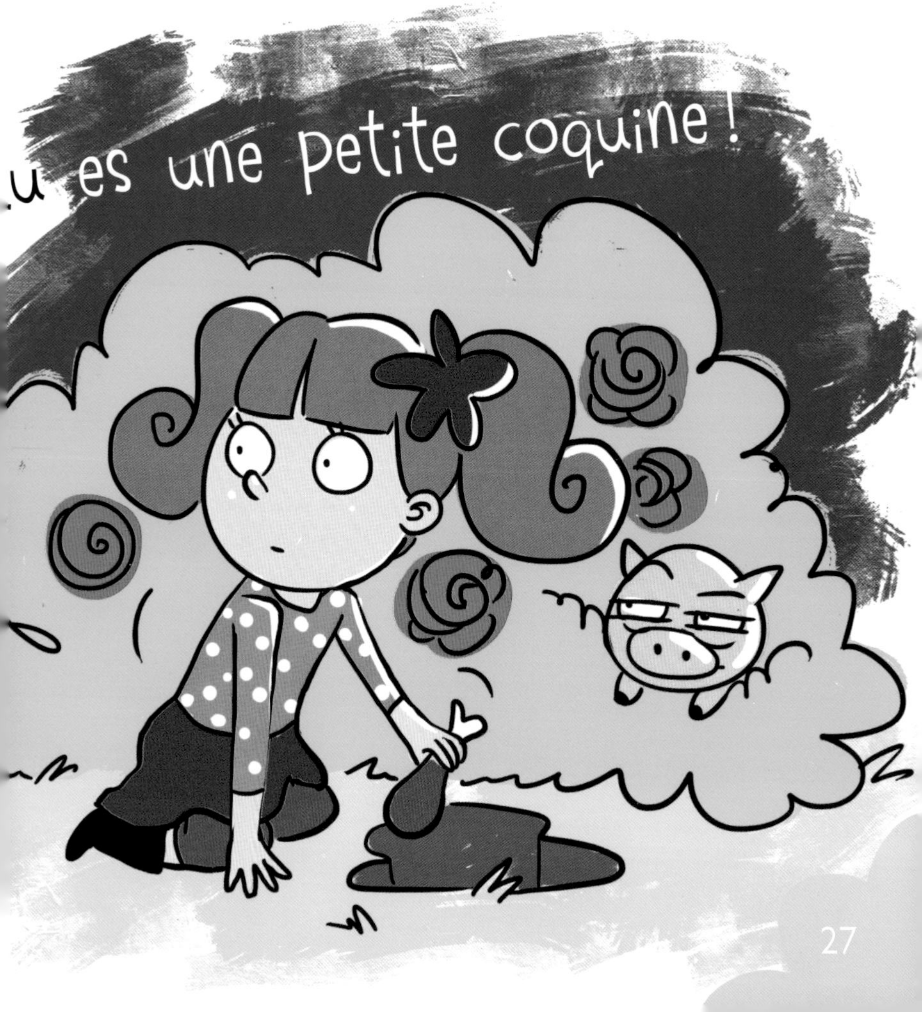
u es une petite coquine !

Le temps a passé…

Les Poucevert ont leur fille Violette à l'œil
lorsqu'il y a du poulet au menu.

Mais ils ont laissé en terre les cuisses
de poulet qu'ils y ont découvertes.
Car ils apprécient désormais leur rosier
à la drôle d'odeur.

C'est qu'ils ont fini par trouver
un amateur: Jos Lecoq, le propriétaire
de la Rôtisserie Ma p'tite poulette chérie.

Tous les jours, Jos Lecoq
dispose un gros bouquet
sur le comptoir de son restaurant.

- Quel arôme appétissant !

dit-il à ses clients.

Il offre une rose à chacun.
Et tout le monde
est très content!